句集

すみれそよぐ

神野紗希

朔出版

すみれそよぐ　目次

装幀　水戸部 功

I　細胞の全部

五十六句

水脈も葉脈も春てのひらも

くちづけは一秒サイネリア全部咲いた

突堤に自転車春は二ページ目

摘む駆ける吹く寝転がる水温む

まばたきの子象よ春はこそばいか

闇濡れる菫直径一光年

二指立てて雛の歩幅を考える

霞草の花を数えるくらい暇

細胞の全部が私さくら咲く
春の虹ひとすじクリームソーダ色

ポストの赤五六歩行けば椿の赤
ぶらんこが空くのを待っていて三十路

振られるなら菫踏まなきゃよかった
だけど僕は屋上に吹くしゃぼん玉

どこへでも行けるアスパラガス茹でる

おーいつばめ切株に置く旅かばん

夏という一字の走り出しそうな
あたらしい水着のはなしサラダバー

あげるわと言ってビスコと蟬の殼
ぶどうより柔らか雨蛙のおなか

天国に図書館あるか青葉騒

指歩む蜘蛛は軽しよ光ほど

ヨットの帆白しアリスの靴下も
ねえ海月輪のない土星なんて嫌

板チョコあれば生きていけると裸の姉

舟遠くとおく朽ちゆく苺パフェ

女子大やTシャツめくり臍扇ぐ

窓涼しドドはドッペルゲンガーのド

蟬死んで歯形のついたビート板

うちにおいでよ汗くさくてもいいよ

呼吸する芒野だれかいませんか
鉛筆で描きたし秋の燕なら

鶏頭と「止まれ」がカーブミラーの中

蟋蟀に霧吹き教師残業す

きみ眼鏡なければ秋蝶も光

きちきちよ水星に水ないのです

子音なり網の胡桃が触れ合う音

くり抜かれ太鼓となる木渡り鳥

つめたくて鞄に座る天の川
透明なものさしわたむしとわたし

書き置きのメモが落葉の光り方

ドアノブにポカリと冷えピタと蜜柑

望遠鏡抱いて聖樹をすり抜けて
「君の手はいつも冷たい鮫みたい」

まずテレビ点けてダウンジャケット脱ぐ

牡蠣グラタンほぼマカロニや三十歳

天球儀青しハッピーニューイヤー
おいしいけん食べてみ餡餅の雑煮

数の子のぷちぷち漫才は続く
ひかりからかたちへもどる独楽ひとつ

出社憂しマスクについた口紅も
白鳥は漫画のふきだしのかたち

いま？　渋谷の交差点。雪が降ってる

まずは食えそれからだ凍蝶のことは

メメント・モリ砂寒く土あたたかし

星空は無音の瀑布鯨飛ぶ

Ⅱ　ある限り

五十六句

マリッジブルー屋根から雪の落ちる音
抱き締めて凍滝溶かす身丈欲し

春氷薄し婚姻届ほど

君も笑うか蕨もてくすぐれば

水菜切るビルひとつずつ目覚めゆく

未来永劫逆光の猫柳

鈴を振るような日差しやクロッカス

飛花落花中庭《パティオ》に燕尾服の父

蜜蜂もくぐれよエンゲージリング
新郎の唇かたしヒヤシンス

君ありて百年疾し花李

汝にわれ樹に囀のある限り

いつか全部終わる桜貝のピアス
メビウスの帯見せ石鹸玉ぱちん

水に映れば世界はきれい蛙飛ぶ

引越し完了かさ立ての春日傘

つばくろの一閃まばたきは要らない
花筏光になりたくて急ぐ

新妻として菜の花を茹でこぼす

青春の終わりに独活の酢味噌掛け

「スコップ貸して」「そっちの種袋とって」
どの名前呼んでも寄ってくる子猫

はつなつの音符のような寝癖かな

ぼうたんを嗅ぐ唇に触るるほど

化石にも心臓ありぬ夜の薔薇

蛍火を華燭としたり歩みゆく

芝に立つ風待月のワンピース
波引いて渚なめらか合歓の花

お義母さんよりのメロンや木箱入り
ベランダよバジル育てて虹を見て

舐めていいよソフトクリームのてっぺん

砂地行く小鳥の歩幅涼しいね

新妻が風ごと振り返る　虹よ

絶海や水母ふたつが並び浮く

縞馬に羽根を描き足す休暇明け

爽やかや甲板に鍵落ちている

指・睫毛・吐息・耳朶・ラ・フランス

切株を水面と思う鹿の声

桃啜る地球の風はなまぬるき

椅子に置く檸檬バレリーナの不在

楽観的蜜柑と思索的林檎
こんな日を小春と名付けたる人よ

万年筆重しむささび飛び出す夜

木枯ひいふぅポトフふぅふぅ家楽し

友の恋あら大変シュトレンの胡桃

きよしこの夜ヘルメット脱げば海

初夢のあとアボカドの種まんまる

金柑を載せ新婚の鏡餅

手毬つく指輪の重さ知らぬ指

プディングの崖なめらかに冬椿

瀬戸内に島ぜんざいに餅いくつ

読点のようにおでんの練り辛子

夫の呼ぶ我が名かがやく冬すみれ

まどのひかり雪がぜんぶ溶けたら言うね

兎二羽キャベツ一枚共に食む

踏切で鯨と待っている夜空

Ⅲ 桃缶

パジャマかつめがね日曜しかも春

風伸びて伸びて薔薇の芽マッチの火

猫は踏む瓦礫ぬかるみ草萌を
レシートにまぎれてボールペンの遺書

鳥交るラインマーカーきゅううう

磯巾着とればば抜け穴ありぬべし

うつぶせの乳房が熱し春の夢

ミント浮かべてカクテルの名は佐保姫

静止する秒針蜜蜂の翅音

くちづけは待て雲雀笛聞いている

けしゴムで消せぬミモザの真っ黄色
春の星結んでアンモナイト座です

朧夜の重心バナナジュースかな

子規全集ひらく夏柑割くように

拝啓元気ですか夏野の切株より

聖堂のような大海月だ朝日

ヨーグルトに透明の匙みなみかぜ

白アジサイ妊娠検査薬＋

胎児まず心臓つくる青胡桃

さぼてんの花ふるさとに犬老いて

あの夏の水玉ビキニ押入れから

つわり悪阻つわり山椒魚どろり

抱く便器冷たし短夜の悪阻

蜘蛛の巣にもがけばもがくほど月光

捨てられぬ夜店の赤き指輪かな

青りんご産科医の白スニーカー

消えかかる昼の三日月レモン水

コンビニやバナナ一本ずつ売られ

ひらひらとプールの底に着く時計
金魚包むてのひら球根のかたち

秋風か呼吸かモノクロの胎児

空缶にちちろ一匹分の闇

刻刻と木から鹿彫る音さやか

水銀の丸まる力星月夜

西瓜南瓜糸瓜わたくしごろごろす

桃缶やねむれば時間なきごとし

雨粒に鱗をきゅっと穴惑

栗爆ぜて火星の夢を見る胎児

太陽に地球小さき稲穂かな

手渡されたる猪肉の血の重さ

鼓動より胎動はげし夕紅葉

空覆う流星群や捨案山子

胎動に覚め金色の冬林檎

イグアナの熟考に星凍て始む

抱きしめてやれぬ小ささ冬の蜂

羊水を鯨がよぎるクリスマス

吹かれ癖撫でて穂草の枯歩く

アウストラロピテクス初夢の寝言

カメラあたらし雪の菫を試し撮り

月ほのか冬あかときの胡桃の木

地球とは大きな鳥かご雪が降る

道が野にひらけて兎いま光

Ⅳ　涼しい切株

六十句

目覚めれば今朝も妊婦で木瓜に雪

雲ぽこぽこ羊水ぬるむ水温む

安産を祈願の春のりんごかな

白酒を辞するも妊りの証

臨月は眠たいふきのとう苦い
メールする蔦の芽のやわらかいこと

雪柳そより子宮の引力に
書くことは待つことに似て初ざくら

窓眩し土を知らざるヒヤシンス

臨月の朝　日輪に蝶たかる

春光に真っ直ぐ射抜かれて破水
担架から仰ぐ青空風光る

産む前の深息いくつ雪解川

春眠や毬藻はなるる泡ひとつ

すみれそよぐ生後0日目の寝息

母乳ってたんぽぽの色雲は春

如月の硝子くもらせ息する子

蝶触れしさざなみしずまりて産湯

いぬふぐりの花びらほどの爪を切る

おくるみをさらにくるみぬ春ショール

春菊に花の咲くまで眠れかし

そうそれは虹見るまなこ波聴く耳

咲きたてのポピーしわしわ風の中

母子手帳に数字満ちゆく青楓

産む前の月日はるかに夕蛍

赤子寝て噴水の芯やわらかし

赤子泣く右を左を青田波

風通るベビーベッドと蛍籠

ハンカチの薔薇の刺繡も乳くさき

産み終えて涼しい切株の気持ち

百合あち見こち見赤子の首ぐらぐら
アイスキャンデー舐めて人間保つなり

眠る間も母乳湧きつぐ雲の峰

靴下を付箋のように干して夏至

朝凪夕凪時計のように子を抱いて
冷麦をすすり保育所見つからず

乳を欲る子へと涼しく髪束ね

今日も守宮来ている今日も夜泣きの子

星涼し船長室の写真立て

汐風も秋ですオリーブの大樹

雑巾の水絞り切る秋の蟬

流し目の赤子に萩の花が散る

鏡中に子を抱くわたし銀木犀

梨ざらりいつより我に触れぬ指

はばたいた分だけ沈む秋の蝶

砂時計返せば風の芒原

流星群去って傷だらけの鞄

霧の底毬藻に触れて毬藻在り

文旦へ這い這いの尻うごくうごく

綿虫や子の眼球の仄青く

すこやかに落葉の色や子のうんち

手袋も絵本も凍星も齧る

むささびも来たれ夜泣きの赤子の辺

風邪の子の寝息銀河の擦過音

湯舟にぎやか赤子も柚子も浮きやすく

風邪の母覗き込む子の涎降る

おさなくて聖夜鏡はひかりの滝

日記買いワイン買い子のおむつ買う

白うさぎ抱いてトイピアノの第九
永遠とポップコーンと冬銀河

V

ばいばい雲雀

五十六句

春と書けば光差しくるこのノート

切株の蜜噴く朝のミルク壜

小さき虹立ててレタスを洗う水

静かと思えばシクラメンむしる子よ

詩のすみれ絵画のすみれ野の菫

頂上にぶらんこ祖父の蜜柑山

ほらあれが霧雲それは霞草

離乳食とろとろ一匙の朧

芝に浮く小さき松笠春茜

乳母車押し卒業とすれ違う

あたたかし象の涙のひとしずく
水掬うように子猫をてのひらへ

俳諧も俳句もおたまじゃくしの尾

苗札を雀の墓碑として深く

蕗味噌を舐めたがる子よやめておけ

桃の花アルパカを抱く雲を抱く

子の臍は日向の蝶の匂いして

消えてゆく二歳の記憶風光る

ばいばい雲雀ペットボトルに育つバジル
飛べそうな金魚と眠たそうな母

バナナジュース吸うても思い出せない名

4時44分44秒蚊食鳥

愛なくば別れよ短夜の鏡

トルソー涼し抱き合う腕持たざれば

からっぽの箱の明るさ昼寝覚

女に反骨じゃこぶっかけて冷奴

子が蟻を踏んできょとんと死ぬって何

のうぜんや本焚けば文字苦しそう

ゴジラ来よ人は呆けて街灼けて

西瓜切る少年兵のいない国

道だった草むら燕帰る空

風さやか子に汐騒と囁けば

ライターと秋思は機内持込不可

月させば水の記憶の貝釦

まだ炎知らぬ陶土よ月の雨

その人の詩篇は秋風の欠片

頑張ってみるけど今日は猫じゃらし

秋桜は束ねられない汚せない

凩に磨かれてゆく象の檻
黒豹の舌のももいろ雪来るか

一階に夫二階に冬の虹

許したい許したい真っ青な毛糸

標識の親子仲良しクリスマス

冬の蜂ふらつく重力の眠さ

掌に包む蜜柑のような言葉欲し

雪虫や鉛筆くべてやさしい火

パジャマにストールさっと羽織って鳥に餌
抱き合える火事の夫婦の愛羨し

凍蝶に塵に光はひとしなみ

寒紅引け離婚届にくちづけよ

我が詩ひとつ葬れば野を兎駆く

鯨また潜る星無きうなそこへ

もう泣かない電気毛布は裏切らない

鯛焼を割って私は君の母

ホットチョコレートドリンク街眠し

行き止まりなれば空見る春隣

Ⅵ　月へ吹く

六十四句

人生ゲーム抜けてさくらのすべり台

「この島の砂は貝です」風光る

子の髪のやわらかく濡れ春の雪

産めよ殖やせよぶらんこの脚閉じよ

いきもの図鑑の最後ニンゲン雲うらら

宇宙船にひびく子猫の咀嚼音

恋をして子を産んで雲雀野にキス
星空のぶらんこで破いた手紙

オルゴール必ず止まる雪柳

眠れない子と月へ吹くしゃぼん玉

象が脚上げて本格的に春

たんぽぽの絮吹くツムちゃんだけが好き

臍がある人間球根を植える

薊までおむつのとれた尻軽く

休むこと知らざる燕また空へ

歯ブラシやおはようプランタの苺

せせらぎにふくらむひかり跳べ子鹿

母死んで子象に夏の空広し

星座にはならぬ星屑かたつむり

いちごジャム塗れとおもちゃの剣で脅す

泳ぐ泳ぐ泳ぐ化石になる前に
Tシャツの干し方愛の終わらせ方

砂浮かせつつ水伸びて蟻の巣へ

三歳の恋はまっすぐ夏帽子

人生短しマンゴーパフェの匙長し

飛び込みの水面が怖くなかった頃

空はいま宇宙の青さ百合ひらく

昼寝の子アンモナイトを抱くかたち

山椒魚日月老いながら西へ

光陰やひとめぐりする泉の辺

大河めく大樹の幹よ南風

星屑砂粒とかげは触れ合って眠る

人間は地球の産毛大夏野

虹消えてほどなくバスの来るベンチ

レモンスカッシュ輝かせどの今も今
膝照らす手花火の青記憶せよ

子と立てばキッチン楽し貝割菜

子を寝かせ句帳をひらく遠花火

沢蟹の眠りに金の銀河湧く

萩ほろりほろり文鳥帰らない

洗顔のあと朝顔の紺眩し
胡桃ころころ乾けば軽くなるこころ

猫じゃらしに屈み保育園行きたくない

永遠のことを話そう青蜜柑

ふつうの夜風ふつうのおむすびの夜食

檸檬切る記憶の輪郭はひかり

星の香の柚子をもぐ逢いたかったよ

短めが好きマフラーも言の葉も

鳥はつばさ我はコートに子を庇う

綿虫や愛するために名をつけて

マザーズバッグポインセチアも入ります
保育園聖樹灯して母を待つ

火事の夢見し子の手首冷たかり

灯を消して毛布を掛けてここにいるよ

風尖る梟は絶望しない

落葉踏むことなら教え上手の母

吾子三歳炬燵にもぐること覚え

負けてもいいよ私が蜜柑むいてあげる

左手は涙拭う手冬の星

光あれ焼芋をほっこりと割る

日記買う夜空は常に新しく

君生まれ此の世にぎやか竜の玉

初雪の空暗ければ手を繋ぐ

編みかけのセーターじゃがいものスープ

すみれそよぐ　畢

あとがき

『すみれそよぐ』は、十代の初期句集『星の地図』、二十代でまとめた句集『光まみれの蜂』に続く三冊目の句集だ。二〇一二年夏〜二〇二〇年春まで、二十代の最後から三十代半ばにかけての八年間に作った計三四四句を収録した。この期間には、自身の結婚・妊娠・出産・育児のタイミングが重なる。価値観を異にする他者と生きてゆく難しさに直面しながら、人間や愛について深く考えた日々だった。

句集名は、人生の分岐点となった〈すみれそよぐ生後0日目の寝息〉から採った。二〇一六年二月、突然の破水で予定外に早い出産となり、救急車で運ばれ手術台へ。帝王切開の進む半身麻酔のベールの向こうで、ふええ、と産声が上がったとき、その息の頼りなさに緊張の力が抜けた。なんでも、胎児は外界に出る最後の準備として肺機能を整えるのだとか。たしかに、羊水にいる間は息をする必要はない。ところがひと月以上早く出てきたせっかちな息子は、まだ呼吸が不安定なため、新生児集中治療室にお世話になることに。空っぽになったおなかを縫い合わせる間、産声を反芻し言葉を手繰り寄せる。あれは今、早春の風の中に咲いていているだろう菫の花が、かすかにそよぐほどの息だった。どうか、生きよ。出産後三十分、母としてはじめて、手術台の上で詠んだ句だ。

そういえば妊娠初期、道端で虫の骸を見つけると、胸が締め付けられた。宿ったばかりの胎の子は今、この虫と同じくらいの大きさだろう。そしてこの子もまた、ふとした拍子に失われてしまう儚い命の一つなのだ。他者でありながら圧倒的に身近な子供との距離感が、万物の命に対する共感へとスライドしてゆく。目の前の蟻が私の子の命かもしれない。その頃から、私にとって世界は一層、崩れやすく、愛おしいものとなった。

句集をまとめるにあたり、朔出版の鈴木忍さんにお世話になった。幼い子をもつ親同士、育児のあれこれを語りながらの本づくりは心休まるひとときだった。装幀の水戸部功さんは、懐かしさと新しさが優しく溶け合ったデザインで句集の心を形にしてくださった。この場を借りて御礼申し上げたい。

そして、四歳になった息子へ。まだ言葉も話せなかった君が、みかんを剝いて一房を私に分けてくれたこと。北風の中で一緒に落葉を踏んだこと。眠れない夜、月へ向かってシャボン玉を吹いたこと。幼いころの記憶はほとんど忘れてしまうと思うから、少しだけ、俳句に詠んで残しておくよ。寝息もずいぶんたくましくなった。君の未来を見るのが楽しみだ。

時代を案じながら命を見つめる怒濤の日々のただなか、俳句は今を生きる言葉だと、つくづく思う。どうか、生きよ。子に、蟻に、燕に、私に、呼びかけながら句を作る。

神野紗希

子につくつくぼうしの名を教えた九月の朝に

神野紗希（こうの　さき）

1983 年、愛媛県松山市生まれ。
高校時代、俳句甲子園をきっかけに俳句を始める。
2002 年、第 1 回芝不器男俳句新人賞 坪内稔典奨励賞受賞。
2003 年、第一句集『星の地図』（マルコボ．コム）刊。
2004 年から 6 年間、NHK「俳句王国」司会を担当。
2012 年　第二句集『光まみれの蜂』（角川書店）刊。
2018 年、『日めくり子規・漱石　俳句でめぐる 365 日』（愛媛新聞社）により第 34 回愛媛出版文化賞大賞受賞。
2019 年、第 11 回桂信子賞受賞。
著書に『女の俳句』(ふらんす堂)、『もう泣かない電気毛布は裏切らない』（日本経済新聞出版社)、『俳句部、はじめました』（岩波ジュニアスタートブックス）など。
現在、現代俳句協会常務理事。日本経済新聞・信濃毎日新聞俳壇選者。

句集　すみれそよぐ

2020年11月9日　初版発行
2024年10月1日　二刷発行

著　者　　神野紗希

発行者　　鈴木　忍

発行所　　株式会社 朔《さく》出版
〒173-0021　東京都板橋区弥生町49-12-501
電話　03-5926-4386　　振替　00140-0-673315
https://saku-pub.com　　E-mail　info@saku-pub.com

印刷所　　日本ハイコム株式会社

製本所　　株式会社松岳社

ISBN978-4-908978-55-5　C0092　¥2000